RICHARD WRIGHT
y el CARNÉ DE BIBLIOTECA

por WILLIAM MILLER   *ilustrado por* GREGORY CHRISTIE

traducido por EIDA DE LA VEGA

LEE & LOW BOOKS Inc. • New York

Manufactured in China by South China Printing Co.

Book Design by Christy Hale
Book Production by The Kids at Our House

The text is set in Congress
The illustrations are rendered in acrylic and colored pencil

(HC) 10 9 8 7 6 5 4 3 2 1
(PB) 10 9 8 7 6 5 4 3 2 1
First Edition

Library of Congress Cataloging-in-Publication Data
available upon request

ISBN 1-58430-180-5 (hardcover)   ISBN 1-58430-181-3 (paperback)

Para saber más sobre
William Miller y Gregory Christie
visite leeandlow.com/booktalk

Puede obtener una Guía del Maestro
en leeandlow.com/teachers

Para mi hijo Julian,
los libros son el camino hacia la tierra prometida—W.M.

Para Kim Risko—G.C.

Richard amaba el sonido de las palabras. Amaba las historias que su mamá le contaba acerca de la granja donde ella había crecido.

—Había un sauce en un recodo del río —le explicaba ella—. Allí soñaba todos mis sueños de niña.

A Richard le encantaba oír las historias de su abuelo acerca de la guerra, de cómo había huido de su dueño y había luchado contra el ejército rebelde.

—Yo era sólo un niño —le decía su abuelo con orgullo—, pero luché tan bien como cualquier hombre. Luché bajo la lluvia y en el fango. Llevé la bandera al frente de las tropas.

Richard ansiaba poder leer historias por sí solo, pero su familia era muy pobre. Se mudaban con frecuencia, en busca de trabajo en diferentes pueblos y ciudades. Su padre limpiaba edificios de oficinas; su madre cocinaba en las casas de gente rica y blanca.

Richard tenía pocas oportunidades de ir a la escuela. Su madre le enseñaba cuando podía, leyendo los chistes de los periódicos en voz alta y articulando cada palabra cuidadosamente.

Cuando por fin Richard aprendió a leer, no podía comprar
o pedir prestados los libros que tanto quería. Los libros eran
caros; las puertas de la biblioteca estaban cerradas para él
porque era negro.

De modo que Richard leía todo que encontraba
—periódicos viejos, libros sin tapas que sacaba de los latones
de basura . . .

Cuando Richard cumplió diecisiete años, tomó un autobús
hasta Memphis. Esperaba encontrar trabajo y ganar suficiente
dinero para mudarse a Chicago, donde empezaría una nueva
vida, allá en el norte.

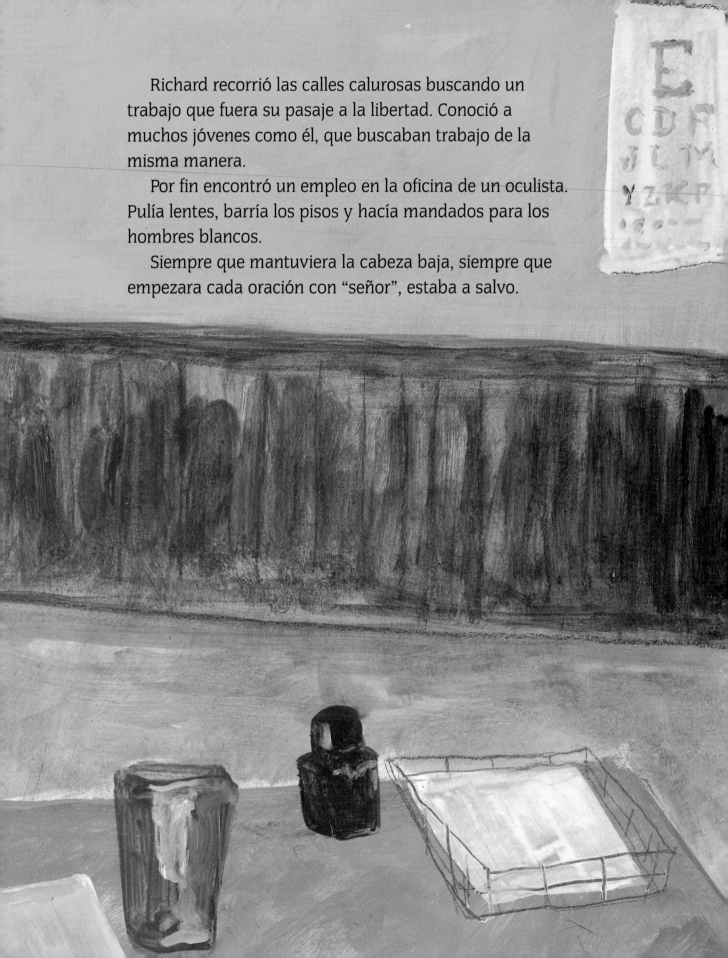

Richard recorrió las calles calurosas buscando un trabajo que fuera su pasaje a la libertad. Conoció a muchos jóvenes como él, que buscaban trabajo de la misma manera.

Por fin encontró un empleo en la oficina de un oculista. Pulía lentes, barría los pisos y hacía mandados para los hombres blancos.

Siempre que mantuviera la cabeza baja, siempre que empezara cada oración con "señor", estaba a salvo.

Por las noches, Richard regresaba a la pensión donde tenía alquilada una habitación. Para ahorrar dinero, comía frijoles en lata, que calentaba sumergiéndola en agua caliente.

Mientras escuchaba el ruido de la calle bajo su ventana, Richard sentía hambre de palabras. Había miles de libros en la biblioteca pública, pero sólo los blancos podían tener un carné, sólo los blancos podían pedir prestados los libros.

A Richard se le ocurrió una idea. Mientras trabajaba, se puso a buscar un hombre en la oficina que pudiera entender su hambre por los libros.

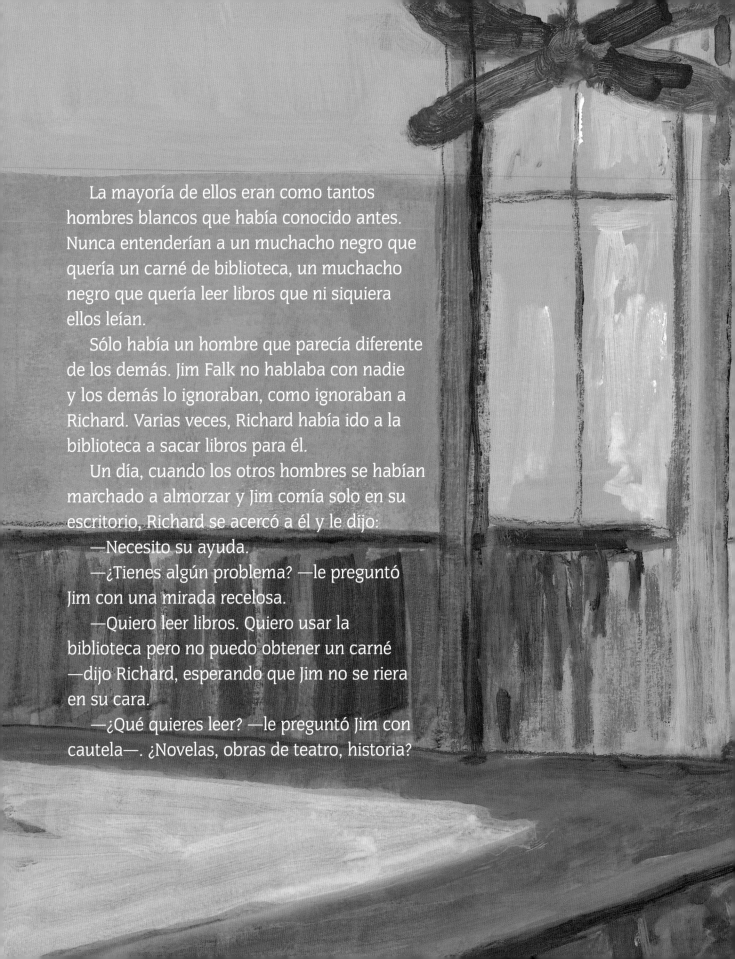

La mayoría de ellos eran como tantos hombres blancos que había conocido antes. Nunca entenderían a un muchacho negro que quería un carné de biblioteca, un muchacho negro que quería leer libros que ni siquiera ellos leían.

Sólo había un hombre que parecía diferente de los demás. Jim Falk no hablaba con nadie y los demás lo ignoraban, como ignoraban a Richard. Varias veces, Richard había ido a la biblioteca a sacar libros para él.

Un día, cuando los otros hombres se habían marchado a almorzar y Jim comía solo en su escritorio, Richard se acercó a él y le dijo:

—Necesito su ayuda.

—¿Tienes algún problema? —le preguntó Jim con una mirada recelosa.

—Quiero leer libros. Quiero usar la biblioteca pero no puedo obtener un carné —dijo Richard, esperando que Jim no se riera en su cara.

—¿Qué quieres leer? —le preguntó Jim con cautela—. ¿Novelas, obras de teatro, historia?

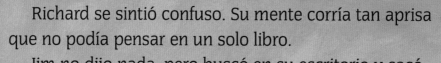

Richard se sintió confuso. Su mente corría tan aprisa que no podía pensar en un solo libro.

Jim no dijo nada, pero buscó en su escritorio y sacó un carné blanco y usado. Se lo entregó a Richard.

—¿Cómo lo usarás? —preguntó Jim.

—Escribiré una nota —dijo Richard—, como las que usted me da cuando voy a buscarle libros.

—Muy bien —dijo Jim nervioso—. Pero no le digas nada a nadie. No quiero meterme en problemas.

—No, señor —prometió Richard—. Tendré cuidado.

Después del trabajo, Richard caminó por las calles llenas de gente hasta la biblioteca. Se sentía como si estuviera en el tren a Chicago, viajando rumbo al norte.

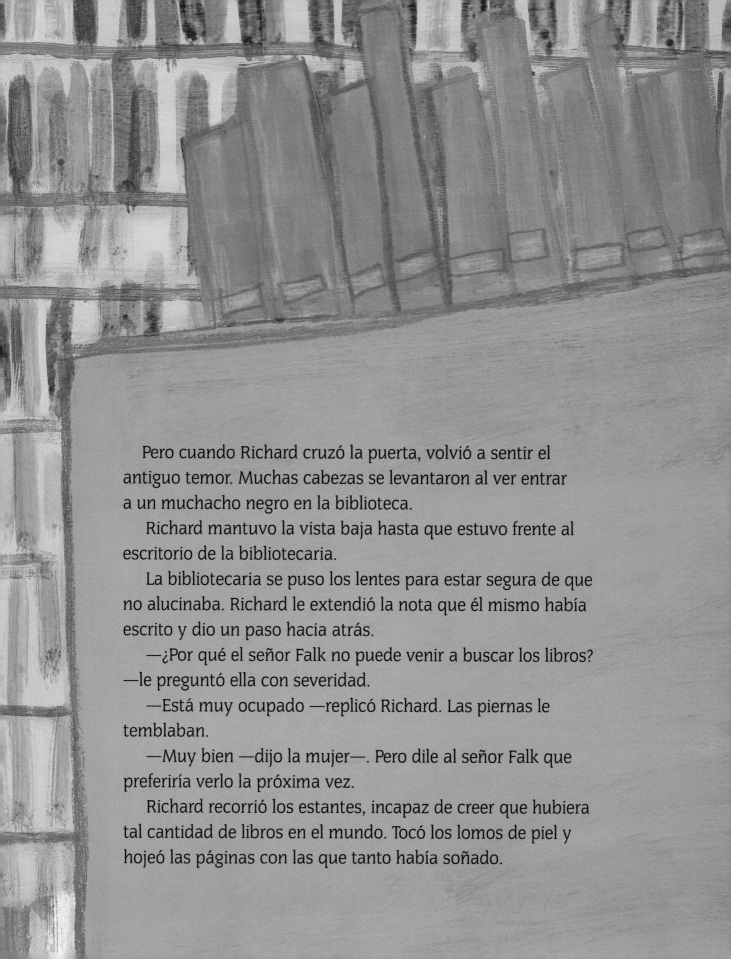

Pero cuando Richard cruzó la puerta, volvió a sentir el
antiguo temor. Muchas cabezas se levantaron al ver entrar
a un muchacho negro en la biblioteca.

Richard mantuvo la vista baja hasta que estuvo frente al
escritorio de la bibliotecaria.

La bibliotecaria se puso los lentes para estar segura de que
no alucinaba. Richard le extendió la nota que él mismo había
escrito y dio un paso hacia atrás.

—¿Por qué el señor Falk no puede venir a buscar los libros?
—le preguntó ella con severidad.

—Está muy ocupado —replicó Richard. Las piernas le
temblaban.

—Muy bien —dijo la mujer—. Pero dile al señor Falk que
preferiría verlo la próxima vez.

Richard recorrió los estantes, incapaz de creer que hubiera
tal cantidad de libros en el mundo. Tocó los lomos de piel y
hojeó las páginas con las que tanto había soñado.

—¿Estás seguro de que esos libros no son para ti? —le
preguntó la bibliotecaria en voz alta cuando él fue a sacarlos.

Otra vez, todas las cabezas se volvieron y Richard sintió
los ojos de los blancos fijos en él.

Pensó que lo habían atrapado, que nunca podría leer los
libros que tanto ansiaba. Pero Richard le dijo a la señora lo que
ella deseaba oír, lo que ella creía acerca de todos los muchachos
negros como él.

—No, señora –respondió—. Estos libros no son para mí.
Yo ni siquiera sé leer.

La bibliotecaria se rió en voz alta y estampó el sello en
los libros. Richard oyó reír a otras personas mientras salía
de la biblioteca.

Esa noche, en su cuarto, Richard leyó hasta que la luz del sol opacó la luz eléctrica. Leyó las palabras de Dickens, de Tolstoi y de Stephen Crane. Leyó sobre personas que habían sufrido como él, aunque su piel era blanca. Ellos ansiaban la misma libertad que Richard había pasado su vida tratando de encontrar.

Con la luz del sol entrando por la ventana, Richard puso el libro sobre la cama. Tenía sueño, pero las palabras que había leído resonaban en sus oídos, coloreaban todo lo que miraba. Se preguntó si actuaría de manera diferente, si los otros se darían cuenta de cómo los libros lo habían cambiado.

Richard supo que ya nunca volvería a ser el mismo.

Esa mañana, llevó los libros al trabajo envueltos en un periódico. Cada vez que tenía una oportunidad, cada vez que la oficina se vaciaba por un momento, leía.

El señor Falk se acercó a Richard, fingiendo que le pedía ir a recoger la ropa de la lavandería.

—¿Qué libros sacaste? —le preguntó en voz baja. Richard abrió el periódico para mostrárselos.

—Estos libros son poderosos, Richard —dijo—. Estos libros permanecerán contigo por el resto de tu vida. Pero por ahora —le dijo, echando una mirada en derredor—, debes mantenerlos ocultos.

Richard trató de hacerlo así, pero al aproximarse el momento de marchar al norte, ya no le importaba que lo vieran leyendo.

Los hombres en la oficina se reían de él o le preguntaban si estaba loco:

—¿Qué hace un muchacho de color llevando una bolsa llena de libros por todas partes? Tu cabeza no puede retener todas esas palabras.

De vez en cuando, Jim le sonreía desde el otro extremo de la habitación.

Los libros de la biblioteca habían cambiado los sentimientos de Richard acerca de los blancos. Todavía les temía, pero los comprendía mejor.

El día que se iba a Chicago, Richard se dirigió al escritorio del señor Falk.

—Gracias —dijo Richard—. Gracias por los libros, gracias por todo . . .

Jim no pronunció una palabra, pero estrechó la mano de Richard delante de todos.

En el tren hacia el norte, mientras veía pasar los campos, Richard recordó los libros que había leído.

Las palabras daban vueltas en su cabeza, las historias más reales que el mismo tren. Cada página era un pasaje a la libertad, al lugar donde siempre sería libre.

*R*ichard *Wright y el carné de biblioteca* es una historia ficcionalizada de un episodio importante en la vida de Richard Wright.

Wright nació el 4 de septiembre de 1908, cerca de Natchez, Mississippi. Su familia se mudaba con frecuencia en busca de trabajo, y Richard estudió en muchas escuelas diferentes. Su educación convencional terminó en el noveno grado. En 1926, se mudó a Memphis y trabajó en la oficina de un oculista. Durante esa época, tuvo acceso a la biblioteca pública con la ayuda de un compañero de trabajo. En este período leyó muchos libros que le despertaron el deseo de convertirse en escritor.

Richard se mudó a Chicago en 1927 y trabajó en la oficina de correos antes de publicar sus primeros cuentos. Su novela *Hijo nativo*, publicada en 1940, se convirtió en un éxito internacional. *Black Boy*, su autobiografía, fue publicada en 1945, con una entusiasta recepción del público. Este libro está basado en una escena de *Black Boy*.

Richard Wright murió en Francia en 1960.